섬이 피는 언덕

섬이 피는 언덕

2026년 4월 21일 초판 1쇄 인쇄
2026년 5월 1일 초판 1쇄 발행

지은이 | 신미경
펴낸이 | 孫貞順

펴낸곳 | 도서출판 작가
        (03756) 서울 서대문구 북아현로6길 50
        Tel | 02)365-8111~2 Fax | 02)365-8110
        Mail | cultura@cultura.co.kr
        Homepage Address | www.cultura.co.kr
        등록번호 | 제13-630호(2000. 2. 9.)

편집 | 손희 김치성 설재원
디자인 | 오경은 이동홍
마케팅 | 박영민
관리 | 이용승

부산광역시　BUSAN METROPOLITAN CITY　부산문화재단　BUSAN CULTURAL FOUNDATION

* 본 사업은 2026년 부산광역시, 부산문화재단〈부산문화예술지원사업〉의 지원
 을 받았습니다.
* 이 책의 판권은 지은이와 도서출판 작가에 있습니다. 양측의 서면 동의 없는
 무단 전재 및 복제를 금합니다.
* 잘못된 책은 구입하신 서점에서 바꾸어 드립니다.
* 도서출판 작가는 (주)작가미디어의 단행본 브랜드입니다.

값 15,000원

섬이 피는 언덕

한국디카시 대표시선

38

신미경 디카시집

작가

■ 시인의 말

멋모른 채 두 번째 디카시집을 엮는다.
내 가난이 쉽게 들킬 것을 염려하지 않기로 했다.

길 위를 떠돌거나 책 속에 파묻히거나
우두커니 먼 곳을 보는 것이 일상이어서
온화하던 표정은 일그러졌다.

오래 바라보면 말을 걸어오는 것들, 고맙다.
단아하고 싶었으나 자주 격했고,
무심하고 싶었으나 매번 무거운 자각이었다.

다움 앞에 아웃사이더가 되어도 어쩔 수 없다.

불안과 기대가 뒤섞인 정지 비행의 시간을 지나며
삼역재에서 쓴다

2026년 3월
신미경

제3부 요동을 받쳐 든 바다의 깊이

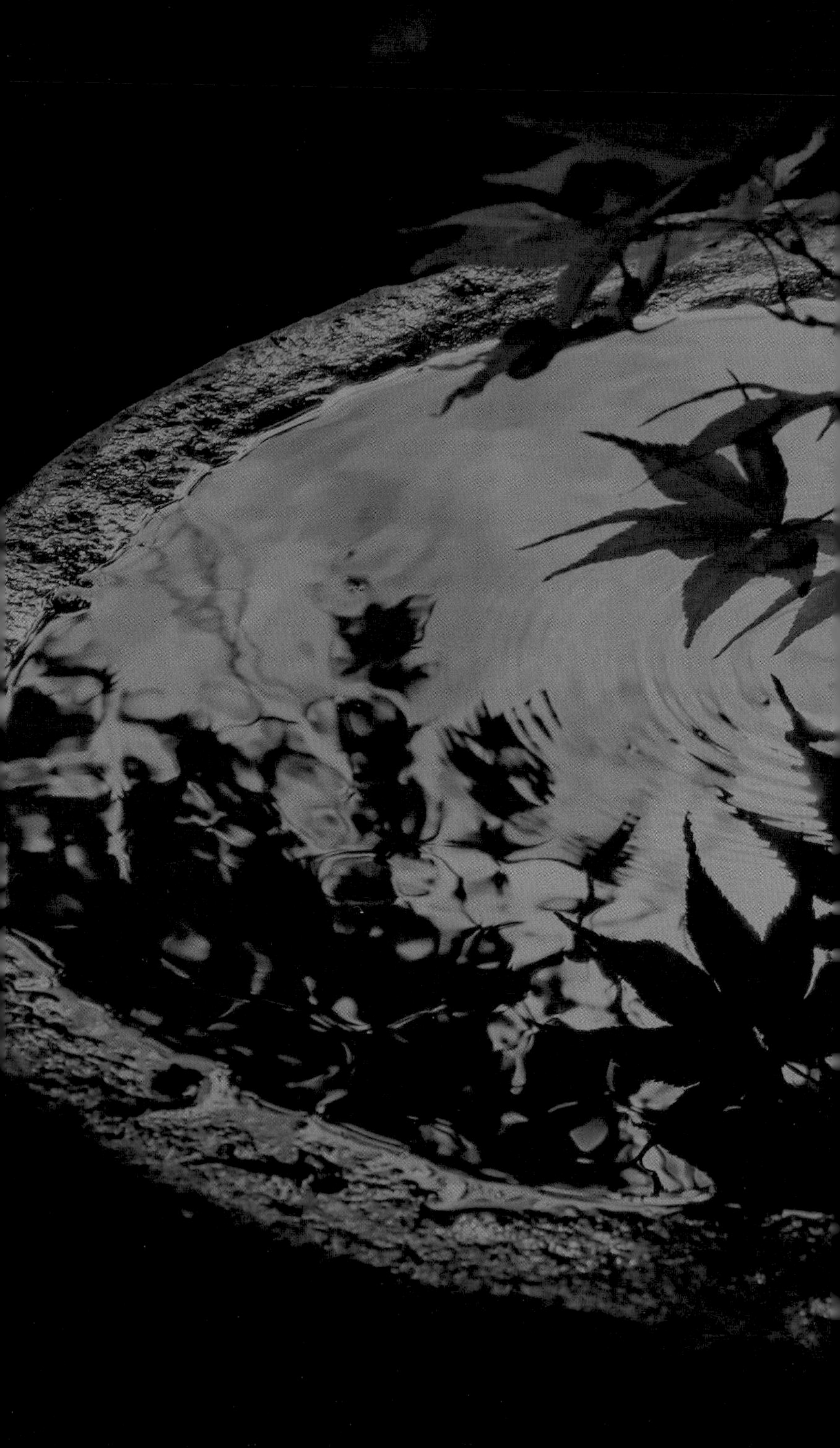

제1부
바람이 싹을 틔운

찰나 속에 있었다

땅바닥에 처음 내 이름을 썼을 때 조금

너머를 본 막막한 설렘의 때에 확실히

나는 시작되었다

달리의 시계

시간의 조각에 올라타
기억과 기억 사이를 일렁이는
밤의 멀미

징검돌 하나 건너면 리셋

모닝콜 소리에 하루가 흘러내린다

터치

내가 나를 들여다본다

바람이 싹을 틔운

오래 잠긴 울음의 테두리

메아리가 된다

근사한 일

풍경이 되어 넋을 놓는다

폰도 나를 껐다

더듬이도 지느러미도 접어둔다

매일 떠나는 새

허공엔 말줄임표가 많고

묻지 않는다

슬픔은 범람할 때도
반경 안에 있다

마에스트로

벌떡 일어나 빛의 악보를 넘긴다

어제의 자세가 편하지만
무언가 무릅쓰지 않으면
금빛 함성은 터지지 않기에

성소

성소

몸을 가진 말이 있다

뜨거움은 그때뿐이었는지 모른다

호버링

멀리 반짝이려

마른 비명은 입이 무겁고

견디는 2월

새 얼굴 새 노래, 떨림까지도 이미 출발하였다

소리의 파편

슬픔이 꼬리지느러미를 털자
음정이 깨진 비늘들 튄다

아는가
저 단음계의 바람 아득해지면
어둠을 떠다니는 녹슨 울음의 사람을

떠돌이별

글자에 갇혀
죽은 책이 되고 싶진 않다

바위 닮은 스승이나 산이 된 벗처럼
바람을 섬겨
새가 되었다가 구름이 되었다가

잔향

깊이를 알 수 없는 바닥

흐트러진 몸 위로

느린 발목들 서성이며

음과 음 사이 채우고 비운다

도서관

읽다 펼쳐놓고 온 섬들
책이 수십 권이다

천 년을 풍화 중인 바람종 글 읊는 소리
모로 누운 밤까지 따라와
페이지를 뒤적인다

튀밥

봄이 몸을 부풀린다

푹 꺼질 걸 알기에 잠시 환호한다

뻥튀기된 나도 누가 알아챌까

맨 뒷자리만 고집한다

불안이 화사하다

야화

해안의 도시는 아직 잠 속인데

적막한 산비탈, 제 몸 태워

밤의 무릎을 짚고 일어선

부신 불꽃

승부는 낙숫물처럼

정면으로 내리꽂히자

느낌표로 벌떡 일어서는 몸

한 세계를 뚫었다는 것이다

다 읽었다는 것이다

제2부
제 이름을 심으러 간다

데크레셴도

건반이 돌보던 지독한 혼자는
잘 여물지 않는 등껍질을 지녔다

떠내려가던 속울음
멈칫멈칫 고인다

환한 무덤

골동의 캄캄 저문 동네, 새해 첫

아이 울음소리

눈이 다 부셔

풀쩍 뛰어내리시겠다

봉합의 방식

48

수술뿐이라고 전문가는 진단했다

틈이 벽과 담의 감정을 오가며
완치와 부작용의 경계를 물었을 때

내려온 단호한 말씀 한 줄

풍랑의 저편

힘과 돈이 거장을 만드는 걸 보았다

진실이 흔들리는 세상도 살았다

생전에 볼 수 있을까만
거품이 태양을 가릴 순 없다고 한다

항변

항변

지쳤다

아무리 그만을 외쳐도 소용없었다

피를 튀기며 뼈마디를 잘라놓고도

태연한

인간이란 족속

북두花성

한꺼번에 스러지고
겨우 젖먹이만 살아남았다 했다

묶인 혼이 껌뻑껌뻑 지키는

해마다 아픈 꽃이 돌아오는 섬

빼앗긴 봄

청포를 입고 온 이는 이미 없고

컴컴한 곳으로부터 도착한 비웃음과 외면

비가 가른 흑과 백의

서로 다른 하늘을 품은 가파른 곡면

신은 부재중

곪은 상처가 눈물 쪽으로 기울고 있었다

운명이란 말의 비겁에 걸려들어

슬픔을 공글리는 동안 뚜-뚜-뚝.

울음이 굳어갔다

꼬부랑길

눈비가 구부린 길 따라

한세상 저무는데

끊이지 않는 철부지들 웃음소리

모항

모항

옹알이와 젖니들의 환한 자리
어머니 빈 자궁이 말라간다

품 떠난 아이는 쉰 목을 쥐고
찢긴 웃음 매단 채 먼바다 파도를 넘는다

막내 삼촌

동네 쌈꾼이던 아픈 손가락

소식 끊긴 지 오래

솔기 뜯긴 기억이 따갑게 들러붙으면

애간장 감아올리며

밤새 삐걱이던 할머니 물레

우화

우화

멀고

높

다

나를 벗고
나에게 도착하는 길

아직도 현장은

망망대해

매번 지면서도 멈추지 않는 싸움

없는 길 내며 가는 저 발길들
때로는 사공으로 때로는 나그네로

꿈의 거처

오래전 도착한 방주

잠으로 버티던 아찔한 높이를 버린다

비어 있는 땅의 밑줄마다
제 이름을 기어이 심으러 간다

호스피스

사막을 걷는 그대 곁에

바람 소리

존엄 따위 너무 하찮아서

뭉클한

한바탕 춤

제3부
요동을 받쳐 든 바다의 깊이

요동을 받쳐 든 바다의 깊이

사랑의 방정식

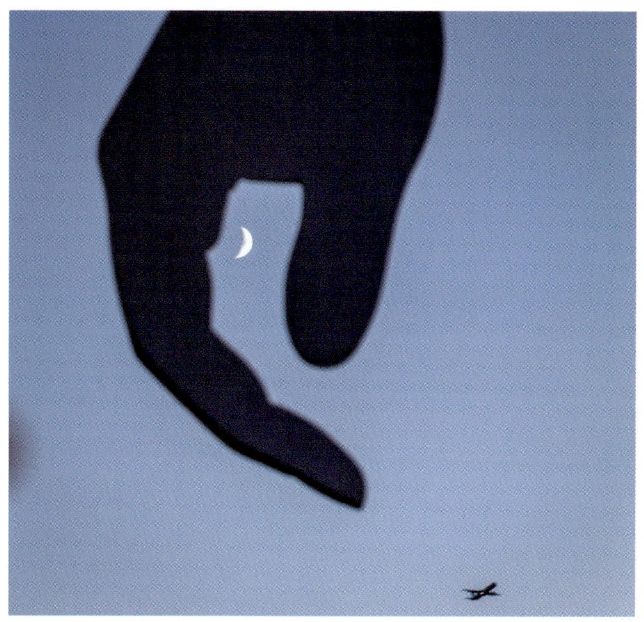

사랑의 방정식

움켜잡을 수도 풀 수도 없는

조바심의 손에서

차고 기우는 아픔

마음의 경로는

근의 공식이 통하지 않는다

발자국

그믐으로 가는 길이 아픈 것은

보름의 기억이 달콤했기 때문이다

나는 데인 자국에나 닿아서

깊어가는 공전에 발을 들이민다

별이 빛나는 밤

숫총각 가슴에 불 지른 고 가시내
새침한 뒷모습 더욱 붉었지

생의 모퉁이에 찍힌 낙관 하나로
늙은 사내의 봄은 해마다 봄이다

습관성 그리움

82

여기에도 있고 저기에도 있고
오지도 가지도 않는 이

그냥 두어라 반쯤 묻힌 마음
부풀다 꺼지거나 익어 떨어지겠지

안부

가을이 도집니다

차마 먼 산을

앓습니다

당신, 잘 지내나요

그가 온다

그가 온다

동여맨 가슴을 풀어헤치며 쏟아낸다
물보라가 인다

수없이 피고 진 긴 문장을 그는 모르고
각주도 없이 먼저 와서 오래 선 자리

그가 아니면 소용없는 말들이 온다

총 맞은 것처럼

총 맞은 것처럼

그가 지나간 자국은

아무리 꿰매도 봉합되지 않네

수작

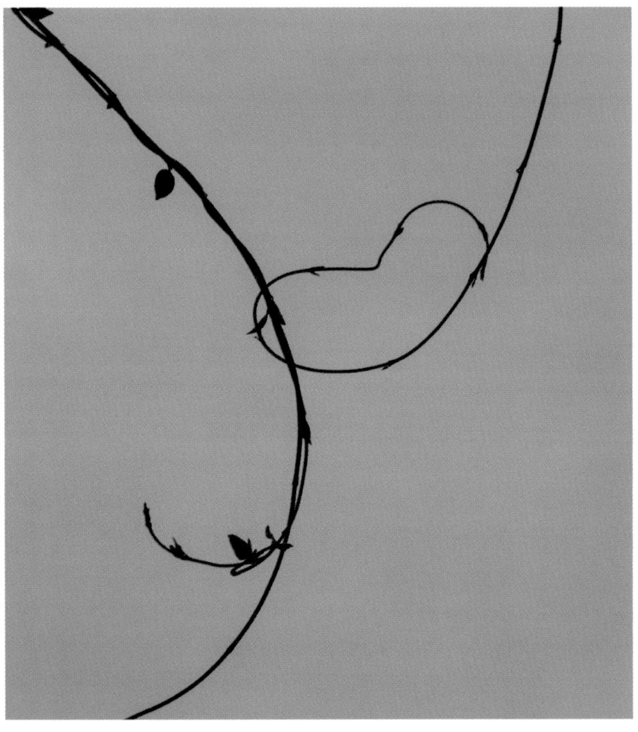

수작

걸어온 수가 뻔했지만

한 번 튕겨 보지도 않고
못 이기는 척 코를 꿰였지

사랑은

사랑은

수많은 떨림으로 팽팽한 수평선
그 요동을 받쳐 든 바다의 깊이

그런 게 아닐까 싶어

가을 동화

철 지난 봄날의 비바람이었다가
때 이른 겨울의 냉기로 다가오는 그

가끔
애틋하고 아련한 설렘이어서
놓을 수가 없다

긴 그림자

헛불꽃이다
선무당이다

숨이 가쁘도록 혼자 타다 사그라드는
헛것의 깊이가 그리움을 기른다

너는 좋으냐

너는 좋으냐

어제의 재방송처럼

덮어써도 다를 것 하나 없는

슬프지도 타오르지도 않는 시간의 잔해

우리, 어디쯤 왔니

섬이 피는 언덕

섬이 피는 언덕

몸부림칠 때가 꽃이다

불안이 온몸을 덮어 고통 속일 때

그때가 꽃이다

외문單門

첫 포자가 터지자

열린 문으로 들어갔고
열린 문으로 나오지 못했다

화인

화인

다름을 좇던 땅의 끝

출구를 못 찾아 빙빙 돌던 우리는

각자 몫의 섬이 되었지

지웠다 싶다가도 문득문득

기억의 단층에 묻힌 포효를 만나네

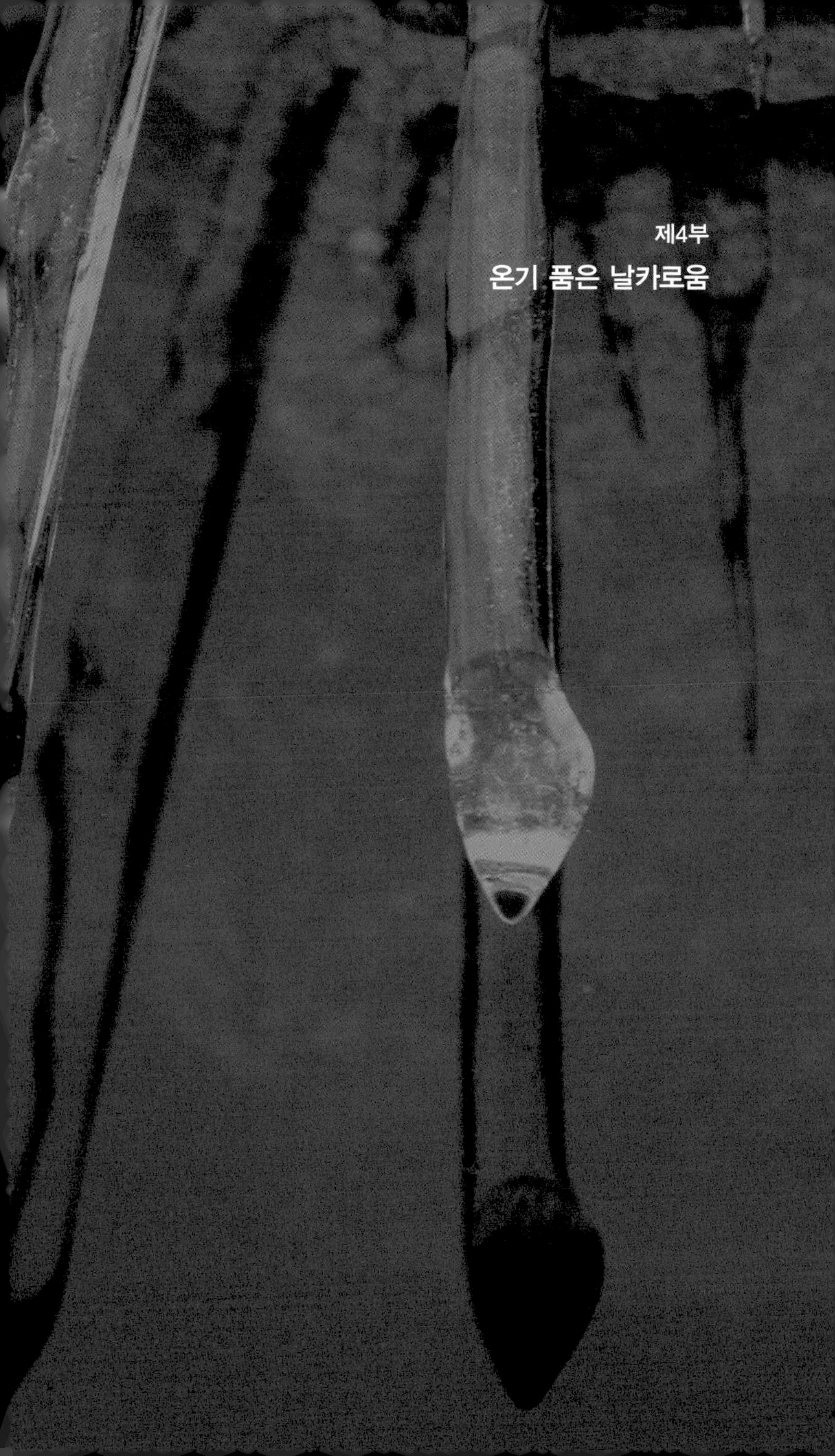
제4부
온기 품은 날카로움

어떤 행성

먼 어느 날 저 꽃들 핀

당신 없이도 아름다운 세상에서

돌아 돌아 여기로 오고 있을지 몰라

도킹을 기다리는 기억

좌표 하나 꾸욱 누른다

잠시 빌린 몸

바람의 언덕엔

바다는 있고 목줄은 없다

나를 고스란히 풀어두고 껍데기만 왔으니

혹 눈 맑은 이 만나면 난 줄 아시라

생의 지도

쥐고 태어난 무수한 금들

초년보다 말년이 환하다 했던가
귀하던 인연도
세상 향한 칼날로 나를 찌르던 청춘도 갔다

지금 나는 내가 만든 길 앞에 서 있다

낡은 이데올로기

낡은 이데올로기

광원이 강할수록 어둠은 깊다

두려움과 부끄러움 사이
간신히 나를 켜지 않았던

허술한 변명, 그 누추한 옷을 이제야
벗는다

비탈에 매달려

자각의 시간은
왜 이리 자주 오는가

나를 일으켰던 실패의 아픔이 더는
텅 비었으나 가득 찬 이 침묵을
흔들지 못한다

안녕의 좌표

죄도 소망도 그물에 걸리지 않는

기도가 유순한 눈을 감는

고단한 여정의 베이스캠프, 나비섬

당신의 강

문드러진 속을 잘라내고 온

세월의 머리칼은 구름을 닮았다

수몰된 유년의 언저리

강이 몸 밖에서만 흐르는 것이 아니었다

울음의 그늘

울음의 그늘

가을은 이별이 쌓인 것
그녀도 영영 갔다

10년, 덧칠된 회한이 몸을 쓸어내린다

두려워 외면했던 마지막이
아직 붉다

시그널 X

무덤이라고 미친 짓이라고

말린다고 말려지던가

비린 미소의 뒷맛이 얼른 몸을 돌린다

빙점의 고백

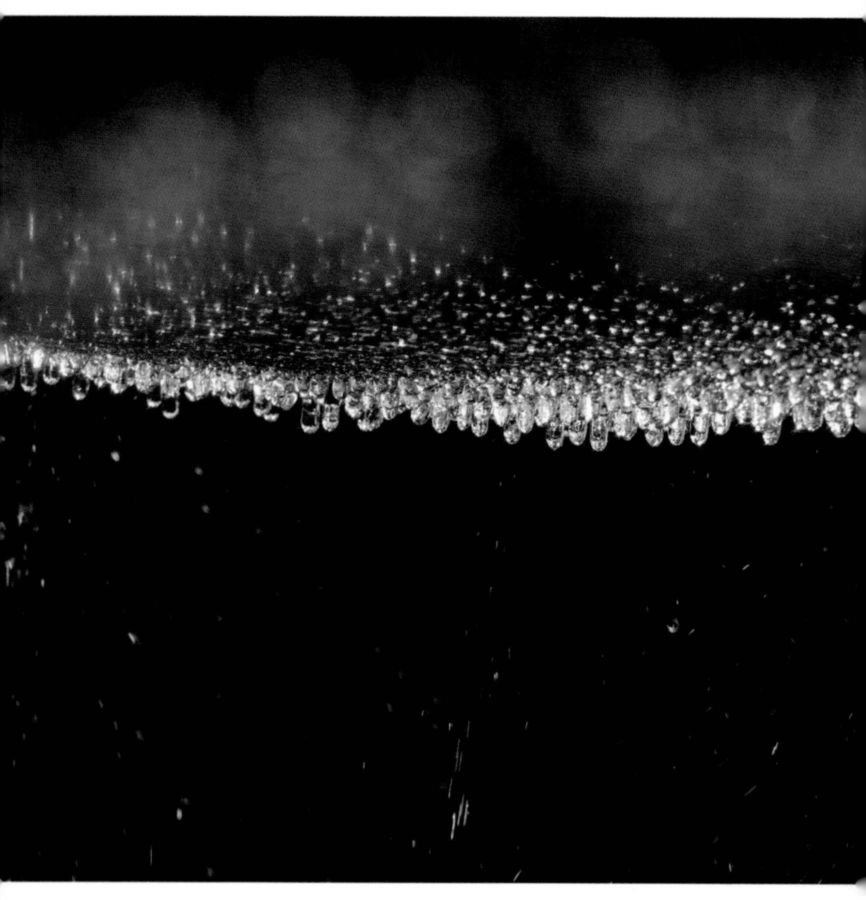

태중 징용 간 남편 죽고
떠밀려 홀로 재가해서는
흐린 정신에 신을 들인 여자

딸, 너만 보고 살걸
허공중 맺히며 얼어버린 생의 울음들

낙타

노역의 모래 산을 넘으며
세상을 져 나르던 몸

무릎 꿇은 노구에 꽂은 장침
혈 자리 타고 뿌리까지 닿았나
새살이 돋는다

다음

안갯속

날개가 빛나는 이유를 물고 있다

오만가지 생각이 수묵이 될 때

넘어가는 뒤 페이지

회상

회상

단칸 셋방 살 때

꿈 보따리 이고 진 그때가 참 좋았지

돌아가고 싶냐고

그 세월을 또 어찌 살아

바위 같던 그가

엄마를 부르며 무너지던 날 보았네

그을리고 굽은 등 너머

평생 들쳐멘 바다와 홀로 선 등대

펜의 길

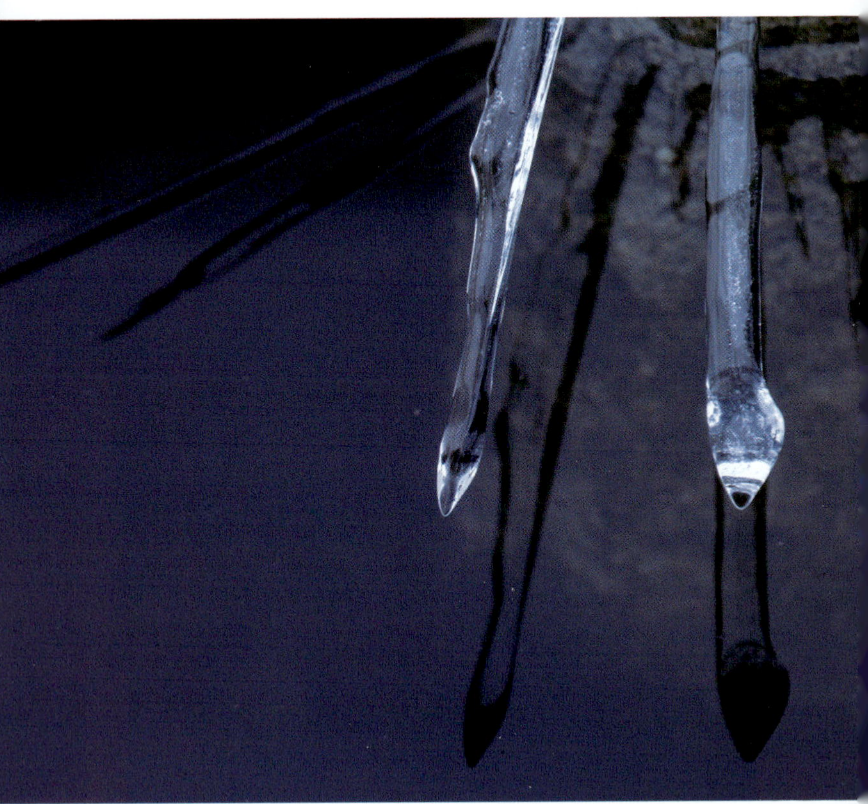

펜의 길

얼음이면서 물인 것들이

촉을 벼린다

어떤 미래도 열 수 없나 해도

눈물이 상실에 이른다 해도

온기 품은 날카로움이고 싶다

디카시의 새로운 도약을 위한 전략과 시도

— 신미경 디카시집 『섬이 피는 언덕』

복효근(시인)

신미경 시인의 이번 디카시집에서 가장 인상적이며 강렬하게 다가오는 첫 번째 특징은 사진 이미지다. 이전의, 그리고 다른 일반적인 디카시와 뚜렷한 차별성을 가지고 다가온다. 정성을 들인 사진 이미지다. 피사체가 가진 시적 모티프와 메시지를 정밀하고 섬세하며 예술적인 안목과 스킬로 포착했다. 디카시가 요구하는 면밀한 관찰력과 민첩한 직관력과 거기서 시적 모티프를 발견하는 직감적인 촉수가 발달해있음을 말해준다.

디카시에서 맨 먼저 독자가 마주하게 되는 사진 이미지의 중요성은 아무리 강조해도 지나치지 않다. 주지하다시피 디카시는 피사체의 이미지가 사진의 형태로 포착되었을 때에야 비로소 가능한 양식이다. 시인은 육안(결국 렌즈를 거치긴 하지만)으로 얻은 사물의 형상에서 삶의 어느 국면이나 자신의 내면에 갈무리되어있는 어떤 생각을 끄집어낸다. 이때 포착한 구체적 사물이나 어떤 장면은 시인의 내면의, 눈엔 보이지 않는 그 어떤 경험이나 생각을 꺼내는 객관적 상관물이다. 온전히 언어로만 이루어진 시의 경우엔 이 객관적 상관물마저 언어로 그려내야 할 것이지만 디카시에선 사진 이미지가 그것을 담당한다.

여기서 한가지 오해가 없기를 바란다. 사진 이미지도 포착된 객관적 상관물이 시인의 내면에 이미 갈무리된 경험이나 사상을 끄집어낸다고 했지만 꼭 그것만은 아닐 것이다. 시인의 발견한 그 어떤 사물이나 장면은 시인이 경험하지 못했던(생각해내지 못했던) 새로운 상상을 끌어내기도 하고 시인의 내면에 전혀 있지 아니했던 새로운 생각을 촉발하기도 한다. 시인이 그 어떤 장면을 만났을 때 이미 시인의 내면에 갈무리된 자신의 사상과 지식, 감정이 순간 점화되어 언술로 드러나기도 하지만 이전에 가지고 있던 생각이 전복되기도 하고 전인미답의 상상이 촉발되기도 한다. 디카시의 매력이다.

아무튼 그 어느 쪽이라 할지라도 디카시에서 사진 이미지는 디카시 작품의 키를 쥐고 있으며 뒤따르는 언어진술의 토대를 제공한다. 따라서 사진 이미지가 그만큼 중요할 수밖에 없다. 대부분 많은 디카시가 스마트폰의 카메라 기능에 의존하고 있다. 생활 속에서 우연히 마주치는 어떤 장면과 풍경, 인물 들에서 시적 모티프를 발견했을 때 기민하게 그 순간을 포착하기엔 스마트폰이 제격이라고 하겠다. 디카시가 붐을 이루면서 많은 디카시 창작자가 순간 어떤 장면을 신속하게 포착하여 디카시를 만들어내는 데 스마트폰에 의지하는 것은 자연스러운 일이라 하겠다. 물론 이는 사진 이미지 속에 언술의 토대가 되는 시적 모티프를 포착하면 된다는 기본원리에 부합한다.

그러나 피사체에서 어떤 시적 의미와 상상과 감동을 끌어내기 위해서는 촬영술과 사진에 대한 이해, 숙달된 카메라 조작 등이 빼어날수록 그것이 작품에 긍정적인 영향을 주는 것은 분명하다. 스마트폰의 기능이 매우 발달하였다고는 하나 때론 성능이 뛰어난 카메라의 도움을 받아야 할 경우도 없지 않을 것이다. 사진 이미지 속의 사물의 형체(형태)만이 아니라 이미지에 반영된 앵글의 각도나 이미지의 구도, 음영, 색과 빛의 강도에 따라, 또 그것들의 조화를 통해 빚어내는 시적 의미나 감동이 다를 수 있기 때문에 사진에 대한 다양한 이해나 경험이 더 깊고 수준 높은 디카시의 필요조건이 될 수 있다. 디카시가 붐을 이루면서 조악하고 조잡한 이미지의 사용을 어렵지 않게 볼 수 있다. 미흡한 사진 이미지는 미흡하거나 부조화스런 언술을 끌어낼 수밖에 없다. 이미지는 미흡한데 언술은 훌륭하다? 기대하기 어렵다.

신미경 시인의 디카시는 사진 이미지부터가 압도한다. 우연히 다가오는 이미지를 포착하였다기보다 사진에 대한 예술적, 기술적 식견과 경험을 통해 사물을 바라보고 공을 들여 포착하였다는 믿음을 주기에 충분하다. 신미경 시인의 디카시에서 사진 이미지가 빼어나다는 점은 바로 시각적으로 확인하기 어렵지 않다. 여기서 빼어나다는 말은 그것이 언술과 결합했을 때의 최적화된 의미와 분위기를 연출하기 위한 충분한 고민과 기다림, 숙련되고 다양한 시도 끝에 얻어진 이미지라는 뜻이다.

이는 필연적으로 디카시의 질적 향상과 예술적 지평의 확대와도 밀접한 관련이 있다고 하겠다. 시인이 의도한 또 하나의 전략으로서 디카시의 타성적 창작 자세를 돌아보게 만들며 디카시의 새로운 예술적 도약을 시도하는 선구적 자세라고 평가하고 싶다. 예를 들면, 이번 신미경 시인의 디카시는 구체적 사물의 형상을 정밀하게 포착한 것 말고도 빛의 변화나 구체적 사물이 빚어내는 추상적, 반추상적 이미지도 적극 활용하고 있음을 본다. 이런 경우 이미지와 언술의 융합이 다소 생경한 느낌으로 다가올 수도 있는데 이는 일차적으로는 이미지와 언술 사이의 시적 긴장을 의도한 시인의 창작전략으로 이해된다. 이미지와 언술의 결합으로 시인이 다 말해줘 버리면 그것을 읽어내는 독자의 몫은 사라지게 된다. 디카시는 이미지와 언술의 단순하고 기계적인 결합이 아니기 때문이다. 1+1=2와 같은 수리적, 물리적 결합이나 수소 H2가 산소 O와 만나면 물이 되는 화학적 융합과 같은 융합과는 또 다르다. 독자는 자신의 경험과 배경지식을 가지고 디카시를 보기 때문에 이미지와 언술이 융합한 결과물은 독자에 따라 다 다를 수 있다. 이번 디카시집을 통하여 신미경 시인은 추상적이거나 다소 실험적인 이미지를 통해 다양하고 주관적인 해석의 가능성을 개방해놓은 작품이 더러 보인다.

　　"찰나 속에 있었다"는 제목을 가진 디카시 작품에 쓰인 사진 이미지다. 이 이미지와 결합된 언술은 "땅바닥에 처음 내 이름을 썼을 때 조금//너머를 본 막막한 설렘의 때에 확실히//나는 시작되었다"이다. 이 작품에 쓰인 사진 이미지는 우발적이며 우연히 포착한 이미지가 아니라 매우 정밀하고 섬세한 감각으로, 의도된 목적을 가지고, 매우 뛰어난 스킬로 찍은 사진임을 알 수 있다.

　　이 작품은 이미지 속에 포착된 어떤 형태에서 시적 모티프를 끌어오기보다는 어둠과 밝음이 교차하고 공존하는 시간의 경계, 바다와 뭍의 경계에서 석양의 환상적인 색조 등 풍경 전체에서 뿜어져 나오는 분위기, 아우라에서 언술을 이끌어내고 있다. 물론 사진 속에 실루엣으로 비치는 사람(형태)을 자신과 동일시하여 언술을 펼치고 있긴 하다. 그러나 "땅바닥에 처음 이름을 썼을 때", "조금 너머를 본 막막한 설렘"의 '찰나'는 형태로써 사진 이미지에 나타나 있지 아니하다. 이 점이 사진 속에 포착된 형태와 언술의 융합 속에서 시적 의미를 읽어내야 하는 일반적인 디카시와는 다른 점이다. 독자는 이미지 속에 들어가 그 환상적 분위기와 아우라를 느끼며 언술을 읽어야 한다. 여기서의 '찰나'는 '자아'라는 존재를 자각한 순간을 말한 것으로 보인다. 노을빛 비추는 바닷가 땅바닥에 내 이름을 새기면서 비로소 아름답고 환상적인 이 우주 속에 내가 존재함을 자각한다. 이 환상적 풍경 속에서 설렘을 경험하고 사아는 이전과는 다른 존재로 삶을 영위할 수 있는 "조금 너머"의 희망을 발견한다. 물론 이러한 해석이 정확하지 않을 수 있다. 시인은 정확하지 않은 해석을 의도했을지도 모른다. 읽는 독자마다 이 작품에 대한 이해는 다 다를 수 있다. '해석', 또는 '이해'라고 했지만 시인은 해석이나 이해를 기대하지 않고 분위기와 느낌으로 작품을 수용하기를 바랐을지도 모른다. 사진 이미지와 언술의 관계는 1:1 정합적인 연결을 넘어서고 있기 때문에 독자가 그 안에 들어가서 함께 참여하여 느끼고 의미를 구성하는 방식으로, 다시 말하면 이미지와 언술을 독자가 재구성하도록 의도한 것으로 보인다.

다음 작품의 이미지를 보자. 제목은 "달리의 시계"이다. 다음과 같은 언술이 이어진다. "시간의 조각에 올라타/기억과 기억 사이를 일렁이는/밤의 멀미//징검돌 하나 건너면 리셋//모닝

콜 소리에 하루가 흘러내린다". 살바도르 달리는 추상주의 화
가로 유명하다. 구체적 사물을 극한까지 추상화하여 미의 세계
를 드러내고자 하였다. 인용한 디카시에 쓰인 사진 이미지는
마치 달리의「흐물흐물한 시계들」을 연상시킨다. 아마도 여기
서 영감을 얻은 듯하다.

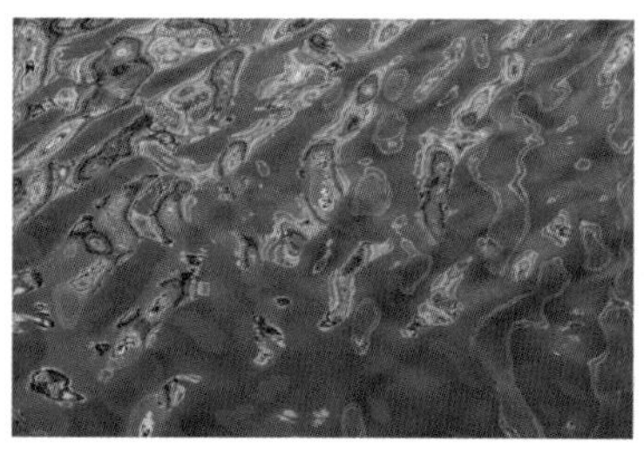

사물의 구체적 형상과
언술이 결합하는 일반적
인 디카시와는 달리 이
작품에 사용된 이미지는
구체적 형태이기보다는
어떤 장면이 빚어내는
추상적 무늬와 색조를 바탕으로 하고 있다. 아마도 수면에 비
친 빛의 산란을 포착한 것 아닌가 싶다. 시인은 물에 비친 서로
다른 무늬들을 "시간의 조각"으로 본다. 물론 볼 수 없는 추상
적 개념을 표현한 말이다. 빛으로 빚어지는 저 무늬는 시간의
변화에 따라 시시각각 변화하기 때문에 가능한 표현이다. 인간
의 기억도 마찬가지다. 매 순간 그 모양과 색깔이 바뀌며 파편
으로 존재한다. 기억이란 그 형상도 뚜렷하지 않고 정확한 언
어로 환원되지 않는다. 멀미처럼 어지럽다. 시간이란, 그리고
기억이란 우리가 아는 것처럼 정확한 단위와 계량 가능한 형태
로 존재하지 않는다. 시인은 물에 비친 저 빛의 산란을 보면서

시간과 인간의 기억이 어떻게 존재하는가 생각한다. 저 부정형
한 무늬는 마치 시간을 건너가는 "징검돌"로 보인다. 징검돌 하
나를 건널 때마다 전혀 새로운 또 다른 세계여서 이전의 세계
는 지워지고 새로운 시간이 리셋된다. 인간의 시간은 물의 흐
름처럼 부정형하고 규정하기 어려워서 겨우 알람소리에 의지
해서나 하루의 단위를 규정할 수 있는 것이다. 시간은 그래서
자의적이며 또 인간의 규정 너머에 있는 것임을 시인은 말하고
싶었는지도 모른다. 추상적 무늬를 디카시 작품의 이미지로 사
용한 이유를 짐작할 만하다.

　피사체의 형태보다는 앞에서처럼 반추상적인 이미지를 바
탕으로 쓴 작품을 하나 더 보기로 한다.

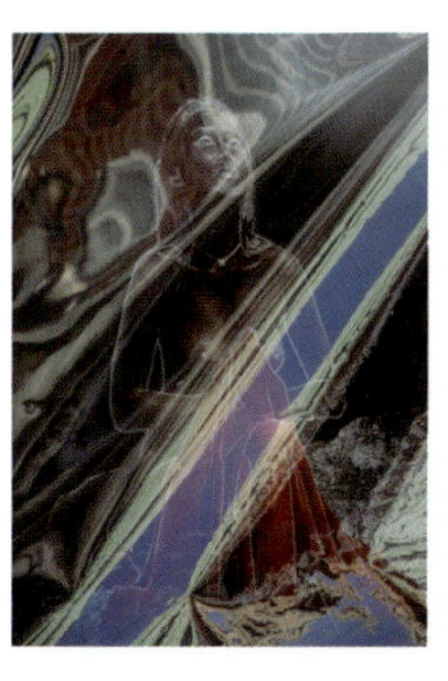

몸을 가진 말이 있다

뜨거움은 그때뿐이었는지 모른다

　　　　－「성소」

　"성소"라 함은 풀어서 말하자면 '성스러운 공간'이다. 성소는
예나 지금이나 신적인 존재와 만나는 곳을 이르는 말이다. 그

런데 이 작품에 제시된 이미지에는 성스러움과는 다소 거리가 있는 반라의 여인(형체)이 등장한다. 제목과 제시된 여인의 이 형체와 그리고 언술을 연결시켜 이 작품을 해석하기란 쉽지 않다. 한편 구체적 형태 말고도 여인을 둘러싼 신비로운 색채와 추상적인 무늬들이 화면을 채우고 있음에 주목한다. 짐작건대 아마도 성스러움에 대한 시인의 인식과 부합하는 어떤 회화작품을 피사체로 택한 것으로 보인다. 따라서 이 작품은 전통적 고정관념에 대한 도발이거나 아름다움과 성스러움에 대한 시인의 예술적 인식을 드러낸 작품으로 이해된다. 사진 이미지에 이어지는 언술을 보자. "몸을 가진 말이 있다//뜨거움은 그때뿐이었는지 모른다" 여기서 몸은 인간, 즉 신이 아닌 천사가 아닌 육체에 갇혀있어 감각적이며 유한하며 더럽고 추악하기까지 한, 때로는 착하기도 한 모순적인 존재를 뜻한다. 이미지에 등장하는 육감적인 반라의 여인이 그것을 말해준다. 그 여인의 몸을 신비롭고 성스러운 색채와 빛이 휘감고 있다. 여기서 '말'은 기도다. 성소에서 하는 말이니 신에게 전하는 말이겠다. 가식을 뒤집어쓰고 거짓으로 신을 대면할 수는 없다. 벗은 몸의 언어로 여인은 기도를 올린다. 마치 이렇게 말하는 듯하다. '보시오. 당신이 빚은 몸이 이렇소. 이 몸으로 사랑을 하고 이 몸으로 죄를 짓고 그리고 기도를 합니다. 그러하니 나의 고통을 헤아리소서. 긍휼히 여기소서. 죄를 사하소서.' 그 기도의 온도가 뜨겁게 전해지는 듯하다. 몸을 떠난 관념, 관습, 통념, 교리에 갇힌 말(기도)은 진정성도 없을뿐더러 차갑거나 인간적인 체온이 없다. 뜨거운 감각으로 신에게 육박하는 에로스적인 몸의 언어가 비로소 성스러운 언어 아니겠는가? 이와 같은 해석이 가능하다면, 시인은 사진 이미지 속의 형태만으로 시적 모티프를 포착하는 것이 아니라 이미지가 가지고 있는 색채, 명암 등이 빚어내는 분위기 혹은 아우라에서도 시적인 모티프와 메시지를 얻어낸다는 것을 알 수 있다.

이와 같은 맥락의 이미지가 사용된 작품이 적지 않게 실린 것은 기왕의 디카시와 다른 차별성을 염두에 둔 것으로 판단된다. 물론 이 시집에 실린 모든 디카시가 이러한 방식을 취한 것은 아니다. 하지만 사진 이미지로부터 시작하는 디카시는 우연에 기대기보다는 보다 정밀하고 섬세한 예술적 배려가 필요하다는 점을 대부분의 작품을 통해 역설하고 있는 것으로 보인다. 시인 자신의 디카시 작업과 창안된 지 20년을 넘어서는 디카시의 새로운 지평을 열기 위한 전위적 시도의 일환으로 보고 싶다.

딱히 추상적(혹은 반추상적) 이미지를 사용하지 않고 구체적인 사물과 장면을 이미지로 쓰는 경우에도 이번 시집에서 앞에서 말한 시적 전략은 시집 전체를 관통하고 있음을 본다. 독자가 함께 작품에 참여하여 함께 사유하는 디카시, 거듭 생각하게 만드는, 독자를 주체로 내세우는 디카시인 것이다. 그래서 시인의 디카시는 여러 가지 면에서 빼어난 시적 이미지의 포착과 더불어 무릎을 치게 만드는 은유가 배치된다. 작품의 앞부분에 제시된 이미지가 이어지는 언술과 비유관계에 놓이게 하는 방법은 디카시의 창작에서 매우 일반적으로 쓰이는 방법이다. 그러나 독자의 창조적 참여와 다양한 해석을 위해 신미경 시인의 은유는 그 원관념과 보조관념 사이의 거리가 다소 멀다. 독자의 세심한 유추와 추리의 과정을 요구한다. 그렇다고 해독 불가능한 미지의 영역으로 독자를 소외하거나 방치하진 않는다. 예를 들어보자.

숫총각 가슴에 불 지른 고 가시내
새침한 뒷모습 더욱 붉었지

생의 모퉁이에 찍힌 낙관 하나로
늙은 사내의 봄은 해마다 봄이다

　－「별이 빛나는 밤」

　검고 앙상한 나뭇가지에 딱 한 점 붉은 꽃이 피어있다. 어쩌면 건조하고 삭막한 풍경인데 제목은 「별이 빛나는 밤」이다. 사진 이미지와 제목 사이에 다소 거리가 있다. 독자는 왜 그럴까 하는 궁금증을 가지고 참여하게 된다. 언술을 보면 하나의 서

사가 담겨있음을 본다. '숫총각'이 등장하고 '가시내'가 등장한다. 나뭇가지는 늙은 사내의 보조관념이고 꽃은 사내의 젊은 날 사내의 가슴에 불을 지른 '고 가시내'임을 알 수 있다. '뒷모습'이라는 시어에서 유추할 수 있듯이 그 사랑은 이루어지지 않았다. 그러나 그 사랑은 사내의 "생의 모퉁이에 찍힌 낙관"처럼 선명하게 기억 속에 자리잡고 있다. 군더더기 하나 없는 신선하고 산뜻한 은유가 한 편의 디카시 속에 배치되어 이미지와 언술이 촘촘한 그물처럼 얽혀 하나의 압축된 서사를 완성하고 있다. 늙은 사내의 사랑은 이루어지지 않고 그녀도 청순노 가 버렸다. 어쩌면 깜깜한 밤이다. 그러나 사내는 생의 모퉁이에 붉게 찍힌 낙관 같은 그녀가 있어, 이루지 못한 그 사랑은 어둠 속에서도 별이 되어 빛나고 있다.

이미지와 팽팽한 긴장관계를 유지하면서 하나하나 유추해 들어가면 적확하고 적절한 비유관계가 드러나는 작품들이 시집 곳곳에 배치되어 있다. 이는 읽는 이로 하여금 깊은 공감과 울림을 주는데 사진 이미지와 함께 그 비유적 언어가 생동감 있게 다가오기 때문일 것이다.

풍경이 되어 넋을 놓는다
폰도 나를 껐다

더듬이도 지느러미도 접어둔다

— 「근사한 일」

제시된 이미지가 어떤 하나의 사물이 아니고 이 작품처럼 광역의 풍경일 경우 시적인 모티프가 분산되고 따라서 이어지는 언술도 초점을 잃기 쉽다. 그러나 사진에 담긴 넓은 수면과 하늘이 대칭을 이루며 하늘에도 구름이 물에도 구름이 흘러간다. 멀리 높지 않은 산이 실루엣으로 보이고 옅은 노을 속에 한 인물이 허허로이 앉아있다. 거대한 자연 속에 인간은 작은 일부에 지나지 않는다는 것을 말해주듯 풍경에 비하여 매우 작게 포착되어 있다. 하나하나의 요소가 전체적인 풍경을 이루고 아우라를 빚어내며 이것은 뒤따르는 언술과 적절하게 조화를 이루는 것을 볼 수 있다.

이 아름답고 광활한 자연 속에서 인간은 넋을 놓을 수밖에 없다. 만물의 영장이라고 하지만 자연의 위대함 속에서 인간은 더듬이를 가진 곤충이나 지느러미를 가진 물고기와 같은 어쩌면 하찮은 존재인지도 모른다. 이 자연 속에서는 인간은 더이상 위대하지도 않으며 자연 앞에서 군림하는 존재가 될 수 없다. 이 압도적인 풍경 앞에서 휴대전화는 꺼두고 문명과 잠시 거리를 둔다. 시인은 "폰도 나를 껐다"고 표현한다. 자연 앞에서 겸허해진 자신을 본다. 여기서는 인간이 주체가 될 수 없음을 말한다. "더듬이도 지느러미도 접어두고" 늘 앞만 보고 직진만 하는 습성을 여기서는 잠시 멈춘다. 성찰의 시간 속에서 자연과 문명과 인간의 관계를 다시 돌아보게 된다. 자신의 영혼이 잘 따라올 여유를 가지기 위하여 말을 달리다가 한참씩 멈

춘다는 체로키 인디언처럼 인간의 영성을 살피고 배양하는 시
간인 것이다. 참으로 "근사한 일"이다.

쥐고 태어난 무수한 금들

초년보다 말년이 환하다 했던가
귀하던 인연도
세상 향한 칼날로 나를 찌르던 청춘도
갔다

지금 나는 내가 만든 길 앞에 서 있다

　　　－「생의 지도」

　거미줄에 포획된 나뭇잎 이미지가 앞에 제시되어있다. 온
전한 잎이 아니다. 세월의 풍파에 단풍이 물들다가 만 나뭇잎
은 벌레에게 일부를 갉아 먹혀 잎맥이 환히 드러났다. 거미줄
과 나뭇잎에 새겨진 그물무늬가 닮았다. 거미줄도 온전한 모
습이 아니다. 곤충이 아니어서 먹이로 쓸 수도 없는 낙엽이 걸
려 여기저기 망가졌다. 시인은 자신의 삶을 저 거미줄에 걸린
나뭇잎에 투사해본다. 시인은 나뭇잎과 거미줄에 새겨진 그물
무늬를 태어나면서부터 타고난 손금에 비유한다. 누군가 손금
을 보고 말했다. "초년보다 말년이 환"할 것이다, "귀한 인연"
을 만날 거라고도 했다. 그러나 손금에 새겨진 운명선대로 생
이 살아지던가? "귀하던 인연도" 가고 "세상 향한 칼날로 나를

찌르던 청춘도" 속절없이 갔다" 갖은 풍상이 지나가고 그 사이 봄, 여름도 갔다. 손금에 그어졌다는 운명도 비켜가고 모진 세월의 풍상에 풍화되었다는 점에서 생은 나뭇잎이나 망가진 그물망과 닮아있다. 하지만 시인은 손금은 손금일 뿐이고 "생의 지도"는 예정되어 있지 않다는 자각에 이른다. 이윽고 시인은 "지금 나는 내가 만든 길 앞에 서 있다."고 선언한다. 흔히 말하는 운명이라거나 움직일 수 없는 환경이라거나 하는 불가항력에 굴복하지 않고 앞으로의 삶은 내가 만들어가겠다는 의지를 이끌어내고 있다.

앞에서 보듯, 이번 시집에 담긴 여러 주제와 메시지 가운데 작품 전편에 일관되게 흐르는 주제가 있다면 생의 의지와 다짐에 있지 않나 싶다. 물론 그것은 시인 자신의 삶을 둘러싼 모든 것에 대한 면밀한 관찰과 발견 그리고 그것으로부터 비롯된 자각 혹은 깨달음이 바탕이 되었음을 부정할 수 없다. 이는 다른 예술과 마찬가지로 디카시의 위력이라고도 할 수 있을 것이다.

노역의 모래 산을 넘으며
세상을 져 나르던 몸

무릎 꿇은 노구에 꽂은 장침
혈 자리 타고 뿌리까지 닿았나
새살이 돋는다

— 「낙타」

굽은 탱자나무 나뭇등걸에 솟은 새 가지를 포착한 이미지다. 나무의 결이며 질감, 색깔 등에서 늙은 낙타를 떠올리고 그것은 다시 한 노쇠한 인간에게 비유된다. 나무의 이미지가 낙타로 다시 인간의 몸에 거듭 비유되는 형태다. 사막의 거친 모래언덕을 짐을 지고 넘는 낙타의 생은 얼마나 곤고했을까? 그 건조하고 팍팍한 모래의 늪과 바람을 헤치고 긴긴 삶의 여정을 묵묵히 걸어왔을 것이다. 시인이 상정한 한 인간의 삶도 다르지 않다. 그 노역의 긴 여정에 기다리고 있는 것은 병이다. 누구나 나이 들면 온몸에 병이 먼저 깃는다. 그 앞에 무릎 꿇지 않을 사람 없다. 시인은 나뭇등걸에 솟은 저 가시 돋친 새 가지를 아픈 몸에 꽂은 장침으로 본다. 그 장침은 제대로 혈자리를 짚었다. 그리하여 에너지를 공급하는 뿌리까지 닿아 생명력의 근원을 자극한다. 새살이 돋는다. 비교적 단순한 이미지에서 시작한 시적 모티프는 비유를 거듭하며 생과 생명의 근본적인 국면에 대한 사유로 이어진다. 그 노역이 고될수록 생과 생명이 다시 소생하고 재생하고 재활하고 부활하고자 하는 소박한 그리고 근원적인 소망은 간절하다고 하겠다. 생을 새롭게 시작하고자 하는 의지와 희망으로 읽힌다. 비유도 빛나지만 자연스럽게 펼쳐져 생명이 품은 소망과 의지에 이르는 사유가 귀하다 아니할 수 없다.

자각의 시간은
왜 이리 자주 오는가

나를 일으켰던 실패의 아픔이 더는
텅 비었으나 가득 찬 이 침묵을
흔들지 못한다

– 「비탈에 매달려」

　　절망과 좌절 역경과 실패와 고난과 번민, 고통… 시인의 삶
이 처했던 심리적 상태를 '비탈'로 표현했다. 물 위에 비친 풍경
의 뒤집힌 모습은 그 가파름의 정도를 말해준다. 그러나 그런
상황에 놓이는 시간은 시인으로 하여금 자주 '자각'을 불러일
으켰다. 세상의 풍파가 거세게 몰아칠 때 풍경은 몸부림치며
울음을 토해냈을 것이다. 그러나 그 풍파가 잦아든 다음 온통
세상을 가득 채우는 고요와 침묵은 그것을 이겨낸 자의 몫이
다. 이제 그 어떤 모진 파람과 파도가 몰려와도 이 침묵을 흔들
지 못하리라는 각오와 다짐이 잇따른다. 어쩌면 단순한 하나의
풍경에서 살아온 시간과 살아낼 시간까지를 다 담아낼 수 있는
지 경이롭다. 이렇듯 이번 시집에는 포착한 이미지에서 시인은
자신의 내면으로 들어가는 실마리를 찾아 삶이 지향하는 그 어
떤 사유에 잇대어 놓는다.

광원이 강할수록 어둠은 깊다

두려움과 부끄러움 사이
간신히 나를 켜지 않았던

허술한 변명, 그 누추한 옷을 이제야
벗는다

　　　　　　　－「낡은 이데올로기」

　우리 태양계에서 가장 밝은 별, 찬란한 해가 석양에 걸리었다. 밝은 만큼 태양빛이 만드는 그늘과 그림자는 짙다. 해가 사라진 다음 그 어둠은 태양이 밝았던 만큼 더 짙을 것이다. 마침 이 이미지가 담아낸 풍경 속에 아직 켜지 않는 전구가 하나 포착되었다. 시인은 이것을 곧바로 시인 자신의 내면의 그 어떤 것과 비유관계로 설정한다. "두려움과 부끄러움 사이／ 간신히 나를 켜지 않았던" 자신의 광원이다. 시인은 늘 그 무엇이 두려워 자신의 내면에 빛을 켜기 망설였다. 자신의 광원에 불을 켰을 때 도드라지는 어둠 때문이었을 것이다. 태양빛보다는 태양빛이 드리운 어둠을 보고 자각한다. "광원이 강할수록 어둠은 깊다." 어둠과 그늘에 대한 두려움, 부끄러움은 내가 내 안에 내장하고 있는 광원이 밝다는 반증일 수 있는 것이다. 시인은 이제 두려움이라는, 부끄러움이라는 낡은 이데올로기, 허술한 변명을 벗어날 용기를 얻는다. 오히려 그것은 자신의 광원을 더욱 강하게 만들 자산이 되어 자신의 내면에 불을 밝힐 것이다.

사소한 풍경과 사물에서 인간 내면에 감추어진 건강한 욕망과
의지를 드러내는 작품이다.

정면으로 내리꽂히자
느낌표로 벌떡 일어서는 몸

한 세계를 뚫었다는 것이다
다 읽었다는 것이다

– 「승부는 낙숫물처럼」

　떨어지는 물방울이 바닥에 닿아 수면에서 다시 튕겨오르는
모습을 포착하였다. 이 장면을 포착하기 위해 들인 노력과 공
력이 얼마나 클지 가히 짐작할 만하다. 느낌표를 거꾸로 세운
모양이다. 느낌표, 자각과 깨달음, 새로운 발견에 대한 감탄부
호이다. 그것은 깨어질 각오로 온몸을 던져 한 세상을 관통한,
그리하여 온몸이 깨져 새로이 이룬 형상이 아닐 수 없다. 시가
그렇고 예술과 학문이 그렇고 우리의 생업이 그렇고 우리의 생
이 그렇다. 작품은 한 생을 던져 이룬 느낌표이어야 한다고 시
인은 말하고 싶은 것이다. 맛보고 간보는 정도가 아니라 시인
은 정면으로 내리꽂힐 것을 주문한다. 치열하고 가열찬 투신을
말한다. 마주하는 대상을 다 읽고 간파했을 때 비로소 얻은 그
결과물이 깨달음과 자각을 불러일으키지 않으면 완성되지 않
는 감탄형이면서 종결형 문장부호다. 시인의 치열한 삶의 자세
와 예술혼을 엿보게 한다.

얼음이면서 물인 것들이
촉을 벼린다

어떤 미래도 열 수 없다 해도
눈물이 상실에 이른다 해도

온기 품은 날카로움이고 싶다

　－「펜의 길」

　얼었다가 녹고 있는 펜 모양의 얼음 두 개가 사진 이미지로 포착되었다. 물이 얼어서 어름이 되고 얼음이 다시 녹아 물이 되는 과정에서 빚어낸 모양이다. 수직으로 얼어 아래로 뻗은 고드름이 아니라 수면과 나란히 얼었던 얼음이었던 것이다. 수면이 낮아지면서 마침 그 아래 수면에 고드름 펜이 그림자를 드리웠다.

　여기 얼음으로 된 펜이 있다. 얼음은 견고하고 차갑다. 얼음이 인간에게 갖추어진 논리력과 이성적인 힘을 상징한다고 하면 물은 부드럽다. 낮은 곳을 향한다. 장애물을 만나면 에돌아 나아간다. 얼음보다 따뜻하다. 생명을 기른다. 인간의 따뜻한 감성과 인간애, 인내와 겸허, 겸애와 사랑의 힘을 상징한다.

　시인은 펜을 사용하는 사람이다. 문학을 하는 시인은 얼음으로 된 펜을 사용하고자 한다. 얼음의 이지적 날카로움과 함께 따뜻하고 부드러운 물의 속성을 가지고 있는 펜이다. 냉정함을 잃지 않되 생명을 기르는 따뜻한 물의 펜이다. 외유내강,

밖을 향해서는 부드럽게 품고 안을 향해서는 스스로를 연단하는 성찰의 자세 그 강온을 겸비하고자 하는 정신, 그것이 시인이 지향하는 삶이자 창작의 자세다. 누구를 짓밟고 무지르고 자르고 그리하여 비정한 승리를 얻기보다는 "어떤 미래도 열수 없다 해도/ 눈물이 상실에 이른다 해도" 시인이 쓰는 펜은 인간적 온기를 잃지 않겠다는 의지를 노래하고 있다.

　　인위가 가해지지 않은 상태에서 얻은 이미지는 그것이 구체적인 사물을 담아낸 것일 수도 있고 때론 추상적 이미지일 수도 있다. 시인은 구체적 사물뿐만 아니라 피사체가 비어내는 추상적 이미지도 과감하게 디카시의 시적 소재로 사용하는 데 주저하지 않는다. 사물과 풍경이 빚어내는 우연적 요소도 이미지로 포착하여 그에 부합하는 시적 언술로 의미화하고 있으며 우리 감정의 그 어떤 부분을 드러내는 필연적 소재로 활용하고 있음을 본다. 추상적인 이미지로부터 삶의 국면과 맞닿는 구체적 감정과 의미를 이끌어내는 데에도, 또 구체적 이미지로부터 철학적 주제와 사유를 펼쳐 보이는 데에도 막힘이 없다.
　　시인은 시적인 동기를 내장한 대상을 직관적이며 예리한 안목으로 포착하고 그것을 숙련된 촬영 스킬로 담아내며 그것을 비유적 언어로 언술하여 한 편의 빼어난 디카시로 형상화한다. 장인적 내공과 정성이 작품 전편에 배어있다.
　　이 글에서 시인의 시가 가지고 있는 다양한 면모를 다 언급하지 못한 아쉬움이 남는다. 빼어난 사진 이미지는 독보적이다. 그와 함께 적절한 은유의 사용, 간결하고 정연한 사유로 이끄는 언술, 그리고 한 가지 더 언급하고 싶은 것이 서정성이다. 의지의 세계를 드러내는 작품은 많은 부분 논리적이며 이성적이기 쉽다. 그러나 작품 전편에 걸쳐 따뜻하고 온유한 서정성을 잃지 않고 있음을 본다. 어떤 특정의 작품에 국한된 것이 아니고 작품 전편에 걸쳐 발견되는 특징으로 이 부분에 대해 길게 언급하지 못함이 아쉽다. 시인이 품고 있는 삶에 대한 건강하고 긍정적인 시각과 관련이 깊다고 하겠다.

한 개인의 빼어난 성취를 드러내 보이는 시집임과 동시에 디카시의 본격 예술로서의 가능성과 디카시의 새로운 장을 펼쳐 보이는 교과서가 되고도 남을 기념비적인 작품집이라 하겠다.

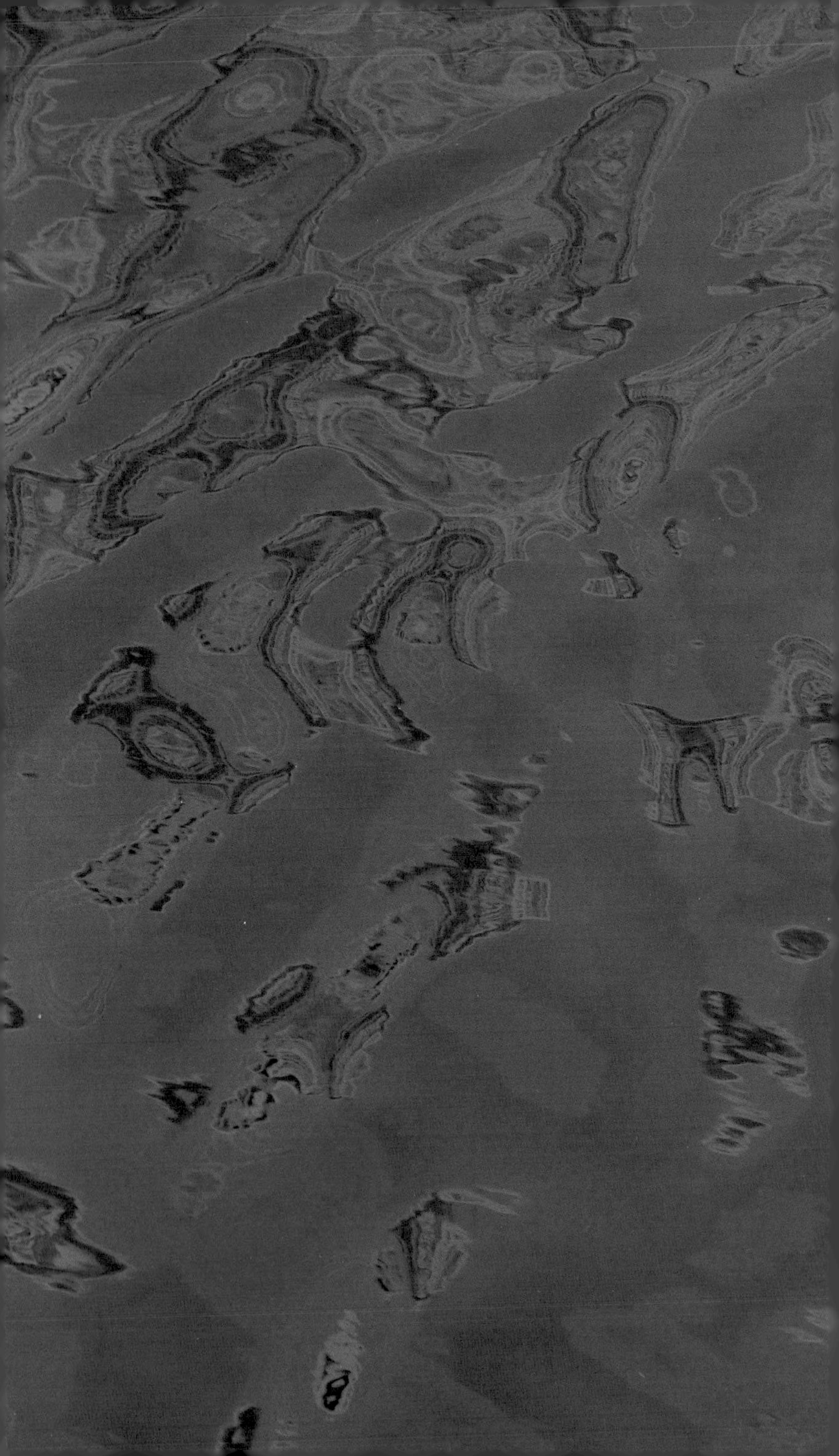